En signe d'amitié aux bibliothécaires
d'Orléans et d'Olivet
C N

Pour ma sœur Anne
KA

© 2006, *l'école des loisirs*, Paris
Loi 49 956 du 16 juillet 1949,
sur les publications destinées à la jeunesse.
Dépôt légal : mars 2006

Mise en pages : *Architexte*, Bruxelles
Imprimé en Belgique par *Daneels*

Et maintenant, qu'est-ce qu'on fait ?

Texte de Carl Norac | illustrations de Kristien Aertssen

PASTEL
l'école des loisirs

Il fait très chaud aujourd'hui. Oba l'éléphant trouve enfin une mare.
Il a si soif qu'il en boit toute l'eau d'un coup. Mais là, dans le sable,
à l'endroit de la mare, un petit poisson lui crie soudain:
«Et maintenant, qu'est-ce qu'on fait?»

Oba est catastrophé. Il sait qu'un petit poisson
ne peut pas vivre sans eau. Alors, il le prend au
bout de sa trompe et court, de toutes ses forces,
pour trouver une autre mare.

Pas de chance. Pas un seul point d'eau aux alentours.
«Adieu, dit Shinki le poisson.
Je vais devenir tout sec et c'est de ta faute.»
À ces mots, Oba au grand cœur se met à pleurer. Ses larmes
forment une minuscule mare. Aussitôt, le poisson y plonge…

«Je n'arrive pas à pleurer davantage, dit Oba. La mare est trop petite. Ne bouge pas d'ici, je vais trouver une rivière et je reviens te chercher.» À peine Oba est-il parti que Bingu, le terrible crocodile, arrive en se léchant les dents. Il saute sur Shinki et l'avale, sans même le croquer.

«Oba ! Je viens te prévenir, crie Sako, l'oiseau
aux trois couleurs. J'ai vu ton ami le poisson
se faire dévorer par Bingu le gourmand.»
Oba pousse un cri de colère et fait demi-tour.
Il connaît l'endroit où le crocodile fait la sieste.
«Bingu ! Recrache Shinki tout de suite !»
hurle Oba en le voyant.
«Non ! C'est mon poisson, maintenant.
Et tu sais quoi ? Il était délicieux.»

Oba attrape le crocodile et le pose très haut sur un arbre.
«Fais-moi descendre ! J'ai peur !» se plaint Bingu.
«Tu resteras tout l'été comme ça, dit Oba.
Et tu tomberas en automne avec les feuilles.»
Bingu pousse des cris et pleure énormément.
Dans un sanglot, il recrache le petit poisson…

Rassuré, Oba envoie Bingu voler loin, dans les hautes herbes.
«Je suis content de te revoir, dit Shinki.
Seulement voilà, les larmes de crocodile, ça sèche vite.
Et maintenant, qu'est-ce qu'on fait?»

L'éléphant repart pour trouver une mare.

Shinki reste seul avec Sako, l'oiseau aux trois couleurs.

«Merci d'avoir prévenu Oba, lui dit-il. Comment te remercier?»

«C'est simple. Mes oisillons adorent manger du poisson, sourit Sako en s'approchant de lui. Grâce à toi, ils auront un bon repas.»

«Au secours! Au secours!» s'écrie Shinki, pris au piège.

«Si tu cherches ton nid, le voici !» dit Oba.
Comment l'éléphant a-t-il su ce qui se passait ?
Qu'a-t-il entendu ?
Qu'a-t-il deviné avec son grand cœur ?
«Dépose mon ami tout de suite
et je remets ton nid sur sa branche !»
Paniqué pour ses petits, l'oiseau obéit.

«Je suis content de te revoir,
chuchote le poisson. Avant
de mourir, je voulais te dire
que je t'aimais bien ! Même
si tu as bu toute la mare.»
D'abord peiné et contrit,
Oba s'écrie : «Je te sauverai,
Shinki ! Je te l'ai promis !»

Oba parcourt tous les chemins et trouve finalement une mare.
«Elle est bien plus grande que la mienne !» dit Shinki,
tout joyeux. Mais l'éléphant a couru, sans boire,
pendant toute cette histoire. Sans réfléchir, il enfonce
alors sa trompe dans l'eau… aspire très fort…

«*Et maintenant, qu'est-ce qu'on fait?*»
s'écrient cent petits poissons dans la mare asséchée.